El Circo

El circo

Lourdes Urrea

CASTILLO

EDITOR: Enrique León
ASISTENTE EDITORIAL: Perla M. Maldonado Almanza
COORDINADORA DE DISEÑO: Mayra Gómez González
COMPOSICIÓN Y DIAGRAMACIÓN ELECTRÓNICA: Francisco Ugalde
   Camarillo
ILUSTRACIÓN DE PORTADA: Benjamín Orozco
DISEÑO DE PORTADA: Ernesto Rodríguez Avella

PRIMERA EDICIÓN: 2003
PRIMERA REIMPRESIÓN: 2005

El circo

© 2003, Lourdes Urrea

D.R. © 2003, Ediciones Castillo, S.A. de C.V.
   Av. Morelos 64, Col. Juárez,
   C.P. 06600, México, D.F.
   Tel.: (55) 5128-1350
   Fax: (55) 5535-0656

   Priv. Francisco L. Rocha 7, Col. San Jerónimo
   C.P. 64630, Monterrey, N.L., México
   Tel.: (81) 8389-0900
   Fax: (81) 8333-2804

Ediciones Castillo forma parte del Grupo Editorial Macmillan

info@edicionescastillo.com
www.edicionescastillo.com
Lada sin costo: 01 800 536-1777

Miembro de la Cámara Nacional
de la Industria Editorial Mexicana
Registro núm. 3304

ISBN: 970-20-0330-X

Impreso en México/*Printed in Mexico*

Capítulo
1

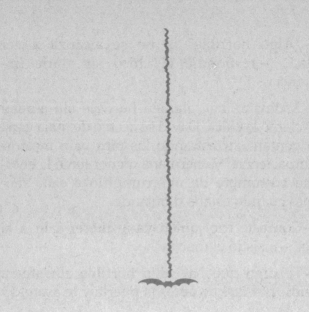

Natalia pasó la manga de su suéter sobre el empañado cristal. La niebla era tan densa esa mañana de invierno que apenas si alcanzaba a ver un reflejo de luz a través de la ventana. Acercó su cara al vidrio y pegó un salto tan grande hacia atrás que tropezó con una silla y cayó de espaldas.

—¿Qué pasó? —preguntó su hermano David, quien sobre una mesa de madera hacía su tarea en la misma habitación.

—¡Vi algo horrible en la ventana! —respondió Natalia.

—¿Algo horrible? Si no se alcanza a ver nada... —respondió el chico sin darle importancia.

—Asómate, ¡hay alguien horrible allí afuera! —exclamó la chica. David se acercó de mala gana a la ventana, arrastrando los pies para mostrar su impaciencia. Su hermana menor tenía la enervante costumbre de interrumpirlo a cada momento cuando estaba dibujando.

—Con este frío ¡quién va a querer salir a la calle! —insistió el muchacho.

—Te digo que hay algo horrible allí afuera David, ¿por qué no abres la puerta y te asomas?

—¿Estás loca? Me voy a congelar. —¿No que eras muy valiente? Yo creo que sólo presumes delante de Lolita...

—Soy valiente pero no tonto.

—Pero es que tienes que verlo —insistía la niña.

—Aquí no hay nada —dijo el chico, quien se había acercado a la ventana y pegaba su cara al vidrio, mirando al pedazo de jardín congelado y vacío, con jirones de niebla baja, como colgando de las ramas de los árboles—. Creo que te confundiste con las sombras de la niebla Nati, ya no deberías ver tantas caricaturas.

—¡De qué me sirve tener un hermano mayor! —se quejó Natalia—. Todos los hermanos mayores defienden a sus hermanitos menos tú. Mejor hubiera…

—¡Está bien! —accedió David y se encaminó hacia la puerta—. Donde sea otra de tus bromas no te la vas a acabar —y salió al patio de mala gana.

No había avanzado dos pasos cuando oyó la puerta cerrarse a sus espaldas y la risa estridente de su hermana menor burlándose de él.

—*Ja, ja, ja.* ¡Te engañé!, ¡te engañé! *Ja, ja, ja* —reía Natalia. El chico empujó la puerta con rabia pero ésta no cedió.

—¡Me las vas a pagar, pequeño engendro! —gritó—. ¡Abre la puerta! —pero Natalia se revolvía de risa sin hacer caso de su hermano. Resignado, David se dispuso a rodear la casa, furioso y temblando de frío. Por suerte, la puerta de la cocina estaba abierta. Frotándose las manos y los brazos, el muchacho entró de nuevo a la habitación que servía de cuarto de estudio y sala de tele. Natalia lo miró con ojos de falso arrepentimiento y dijo:

—Perdóname hermanito, se me cerró la puerta sin querer.

—¡Cómo no! —gruñó el chico y caminó de vuelta a la mesa en el centro del cuarto—. Un día te vas a arrepentir de decir tantas mentiras, no te voy a volver a creer jamás, ¿lo oyes? ¡Jamás!

Natalia se acercó cautelosamente a la ventana pensando en si podría repetir la broma. El vaho producido por el calor dentro de la casa y el frío de fuera habían opacado la ventana. La niña limpió el vidrio y pegó su pequeño rostro contra el cristal haciendo un esfuerzo por ver claramente, pero no lo lograba: la niebla afuera había espesado y no logró ver nada más que su propio reflejo, su nariz roja y su frente húmeda. Estaba a punto de volver a sus caricaturas cuando un leve sonido que venía de afuera llamó su atención de nuevo y, esta vez, un rostro arrugado y gris con pequeños ojos negros de mirada diabólica apareció claramente contra la ventana.

—¡Ayyyyy! —gritó Natalia corriendo a esconderse detrás de su hermano.

—¿Ahora qué pasa? —preguntó enfadado el chico, tratando de desprender a su hermana quien lo tenía agarrado con fuerza de la cintura.

—¡Hay alguien allí afuera David!

—Ya basta Nati, déjame trabajar. No puedo estar bromeando; tengo que entregar estos dibujos para mañana.

—No es una broma, ¡te lo juro!

—Quieres que salga a enfriarme el trasero, ¿verdad? Te dije que no volvería a creerte y lo cumpliré. Ahora, ¡déjame trabajar!

—Esta vez no es una broma, hermanito, de verdad.

—Es lo malo de ser tan mentirosa, nadie te cree nada ya, Natalia —dijo el chico, muy serio.

El comentario lastimó a Natalia quien, asustada y dolida, fue a sentarse en una esquina del sofá y en silencio trató de concentrarse en el televisor, sin poder evitar mirar constantemente hacia la ventana, mientras un escalofrío recorría su espalda al recordar el horrible rostro.

Cerca de ahí, en casa de Lolita...

—¡Ya terminé mamá! ¿Me puedo ir?

—¿Ir adónde, Lolita?

—A casa de David, mamá. ¡Ya te había dicho! Todo se te olvida.

—¿A qué vas?

—A ayudarlo con la tarea mamá. ¡Ya me habías dado permiso!

—¡Ah! sí, ya recuerdo, pero... ¿no tenías que lavar una pila de trastes sucios antes?

—Que ya terminé mamá —respondió Lolita exasperada—. Es lo que estoy tratando de decirte.

—¿A qué hora regresas? Ya son casi las cinco, no quiero que vuelvas tarde, ya casi va a oscurecer.

—Volveré con luz de día, mamá, no te preocupes —le respondió Lolita dándole un beso en la mejilla.

—¡Con cuidado, hijita! —exclamó la madre cuando ya Lolita iba casi fuera de la casa.

Capítulo

2

Lolita salió a la calle y el frío la obligó a subirse el cuello del abrigo. La niebla le impedía ver más allá de un metro y medio de distancia. Maldiciendo al frío en voz baja, caminó cuidadosamente sobre la banqueta, pegada un poco al muro para evitar tropezar con alguien. La casa de David estaba a cuatro calles de la suya; en condiciones normales le habría tomado unos cuantos minutos llegar, eran apenas las cinco de la tarde, pero parecía como si la noche hubiera caído sobre la ciudad de repente. La calle estaba inusualmente solitaria, sólo el sonido de sus botitas llenaba el silencio. No supo cómo ni cuando una persona apareció a su lado. Sobresaltada, Lolita ahogó un grito y se pegó un poco más a la pared. Apuró el paso como pudo, pero la sombra la seguía muy de cerca. Nerviosa, decidió pararse.

—¿Quién es? ¿Qué quiere? —preguntó, pero un absoluto silencio fue su única respuesta. Entre la niebla sólo pudo distinguir dos ojos brillantes y malignos que la miraban fijamente. Asustada, comenzó a correr, tropezándose aquí y allá hasta que vislumbró la puerta de la casa de su amigo.

—¡David! ¡David! ¡Ábreme!

A los gritos, David y Natalia acudieron a la puerta, pues Lolita se oía angustiada.

—¡Lolita! ¿Qué te pasa? ¿Por qué gritas así? —preguntó David abrazándola.

—Alguien, alguien venía siguiéndome…

—¿Quién?

—No lo sé, no pude verlo bien. Sólo sentí su cuerpo muy cerca de mí y me asusté… Sus ojos eran unos ojos horribles con una expresión como, como…

—¿Cómo qué? —preguntó David, impaciente.

—Negros y brillantes pero… como de muerto.

—¿Lo ves? ¡Te lo dije! ¡Hay alguien afuera! —repetía Natalia.

—Ya basta de eso —exclamó David—, vete a ver las caricaturas.

—¿Qué dices, Nati? —preguntó Lolita.

—Yo vi a alguien horrible allá afuera —respondió la niña.

—Ya la conoces, volvió a jugarme una broma. No sé cómo caigo siempre en sus mentiras.

—¿Qué hiciste ahora, Nati?

—Ay, nada, fue una bromita —contestó y se alejó hacia el interior de la casa.

—¿Quieres que salga a ver si hay alguien afuera todavía? —preguntó solícito el chico.

—No, pero, ¿me acompañas al rato a mi casa?

—Claro que sí. ¿Ya estás más tranquila? Ven a ayudarme con la tarea, ya sabes que esto del dibujo no se me da tan bien como a ti.

Pronto, ambos chicos se olvidaron del incidente. En los días por venir recordarían esa tarde y lamentarían no haberle dado más importancia.

Unos días después, en la secundaria pública local…

—Sandra Bueno, Miguel Arteaga, Lolita Feria y David Tamy son los encargados de la nueva sección de entretenimiento de nuestro periódico escolar. Vamos a desearles éxito con un fuerte aplauso —indicó el maestro y dijo:

—A continuación, Miguel nos hablará un poco acerca de los planes para esta nueva sección.

Miguel caminó hasta el frente del salón de clase y, aclarándose la garganta aparatosamente, se dirigió a sus compañeros.

—Gracias a todos por haber aceptado este nuevo proyecto y haber votado por nosotros. Esta nueva sección tendrá noticias de los eventos culturales y deportivos de la escuela y de la ciudad en general; comentarios sobre las películas de moda, los conciertos de rock o de cualquier tipo y sugerencias sobre qué hacer con el tiempo libre el fin de semana. Lolita y Sandra estarán encargadas de entrevistar a los artistas de los eventos que nos visiten, siempre que se pueda, y traerán las notas, horarios, costo de los boletos, etcétera. David es responsable de la edición: todos sabemos que es un genio de la computadora. Esperamos que les guste y que cooperen trayendo sus noticias también.

—¿Qué vas a hacer tú, Miguel? —preguntó una chica pecosa, disimulando una sonrisa.

—¿Yo? Yo me voy a encargar de que cada cual haga bien su trabajo —respondió el muchacho, bromeando.

—¡Yo quiero ese puesto, Miguel! —gritó otro alumno de cabello negro y rizado.

—Voy a encargarme de la producción del periódico en papel y de distribuirlo en todos los lugares posibles

—¡No tiene gracia, Miguel! Todos sabemos que tu papá es dueño de la fábrica de papel.

—Lo que no saben es lo que me cuesta sacarle un peso al viejo —contestó Miguel sonriendo—. Ése es mi verdadero mérito.

Los alumnos rieron y el maestro llamó al orden.

—Muy bien, les deseamos mucho éxito a partir de mañana; volvamos a la clase de Redacción —concluyó el profesor.

Miguel regresó a su banca junto a David.

—¿Con qué empezaremos nuestra primera edición? —preguntó Miguel a su amigo en voz baja.

—Me dijeron que un circo vendría a la ciudad este fin de semana.

—¿Un circo? ¿A quién le interesa un circo?

—Con este clima cualquier cosa es diversión.

—Tienes razón, ¡bienvenido sea el circo! —exclamó Miguel... aunque pronto se arrepentiría de sus palabras.

Capítulo 3

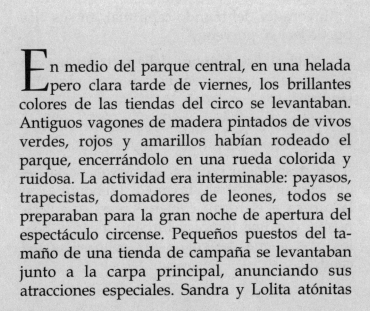

En medio del parque central, en una helada
pero clara tarde de viernes, los brillantes
colores de las tiendas del circo se levantaban.
Antiguos vagones de madera pintados de vivos
verdes, rojos y amarillos habían rodeado el
parque, encerrándolo en una rueda colorida y
ruidosa. La actividad era interminable: payasos,
trapecistas, domadores de leones, todos se
preparaban para la gran noche de apertura del
espectáculo circense. Pequeños puestos del ta-
maño de una tienda de campaña se levantaban
junto a la carpa principal, anunciando sus
atracciones especiales. Sandra y Lolita atónitas

observaban el movimiento, listas para desempeñar su primera asignación como reporteras.

—¿Qué es esto? —exclamó Sandra, arrugando la nariz mientras leía los carteles de los puestos: "Pase a ver a la mujer Lagarto", "Asómbrese con el hombre de los mil tatuajes".

—¡Qué novedad! Voy a comprarme una plantilla de tatuajes adheribles y seré la mujer de los mil y un tatuajes —agregó.

—¡Mira aquél! —le indicó Lolita.

"El Gran Adriano, mago ilusionista y médium."

—Suena interesante.

"Invocador del mundo espiritual, en sus ojos puede leer su porvenir."

—¡Cielos! Ese hombre debería trabajar para el servicio secreto —rompió a reír, Sandra burlándose.

—¡Vamos allá! Quizá podamos entrevistarlo y de paso conocer el futuro —sugirió Lolita.

Un desgastado cartel a la entrada de la pequeña tienda mostraba la cara de un hombre con la cabeza y el rostro cubiertos, casi completamente, por una túnica y turbante negros. Sólo los ojos y una desigual nariz sobresalían del cuadro.

—¡*Uy!* Sí que asusta —comentó Sandra.

—¡Qué ojos tan feos! Me dan escalofrío —exclamó Lolita, recordando su experiencia de la tarde anterior, camino a casa de David, cuando había visto entre la bruma aquellos horribles ojos.

—Siento como si me jalaran hacia él... ¿no sientes tú lo mismo? —preguntó a su amiga, pero ya Sandra había levantado la cortina para entrar.

—¿Hola? ¿Señor Adriano? —saludó la chica sin obtener respuesta. La tienda se encontraba casi vacía. Contenía solamente dos sillas y una pequeña mesa redonda con un mantel azul sobre el cual descansaba una esfera de cristal.

—No hay nadie aquí —dijo desilusionada.

—Es temprano todavía, apenas se están preparando —dijo Lolita desde la entrada.

—No creí que fuera un circo tan pequeño y parece tan antiguo... —comentó Sandra saliendo de la tienda.

—¿Pequeño? ¿Qué quieres decir?

—Pues, ya sabes, los circos ahora tienen tres pistas, efectos especiales, luces multicolores, música alternativa, en fin. Éste ni siquiera tiene cables para la electricidad.

—No lo había notado… ¡qué observadora eres! A mí me recuerda al circo en la película de "Dumbo" —dijo Lolita.

—Los disfraces, ¡tan pasados de moda!

—Quizá sea el estilo de este circo, lo que lo hace especial.

—Tal vez. O tal vez es simplemente muy pobre y muy viejo.

—¿Crees que no debemos reseñarlo?

—Pues no tenemos mucho de dónde escoger —suspiró Sandra, resignada—. Hay un evento con el coro de la iglesia, un concierto de cuerdas de la orquesta local y el circo. ¡Ni siquiera hay una película decente que ver!

—No es tan malo, mucha gente va a venir. Es una ciudad pequeña… ¡Mira allá! ¡Una mujer con barba! —dijo Lolita, apuntando hacia una mujer con largas barbas negras.

—¿Ves lo que te digo? ¿A quién le interesa una mujer con barba?

—Pues quizá los chicos prefieran verla a ella que dormirse en la iglesia escuchando el coro.

—Tienes razón, vamos a la taquilla a ver si podemos entrevistar a alguien.

Esa misma tarde…

—Tía Sarita, estoy triste —decía Natalia con la carita hundida en el pecho.

—¿Por qué mi tesoro? —le contestó su anciana tía.

—Extraño a mis papás y mi hermano ya no me quiere.

—¡Que tontería! David te quiere mucho.

—Pero ya no me quiere, ¡me lo dijo!

—No puedo creer eso, Nati.

—Tú tampoco me crees.

—Tus padres regresarán en una semana más, ya no estés triste que se afea tu carita.

—¿Por qué tuvieron que irse, tía Sarita? ¿Por qué no me llevaron con ellos?

—Tus papás también necesitan tiempo para ellos, Nati, se merecían esas cortas vacaciones, trabajan mucho.

—Estoy tan solita…

—Tienes a tu hermano y me tienes a mí.

—David ya se siente muy grande porque tiene dieciséis años y yo sólo ocho.

—Nada de eso… —respondió la tía, sin hacerle mucho caso.

—Siempre me está diciendo cosas feas, "engendro del mal", "enana tarada"... lo que pasa es que tú no te das cuenta.

—Hablaré con él y le pediré que ya no te llame de esa manera.

—¿Te cuento lo que pasó ayer, tía?

—Piensa bien lo que me vas a decir, Nati, no quiero otra de tus historias.

—Esto ocurrió de verdad, tía Sarita... —respondió la niña y comenzó a contarle a su tía una increíble historia acerca de un perro que fue atropellado frente a la casa, aunque sólo en su imaginación...

Mientras tanto, Sandra y Lolita hablaban con el encargado del circo, un tipo colorado y gordo con una levita azul marina con galones dorados y pantalones a rayas rojas.

—Anzo Carloni, a sus pies —se presentó el encargado, haciendo una profunda reverencia.

—¿Cuánto tiempo estará el circo en la ciudad? —preguntó Lolita, mientras Sandra tomaba nota sobre su pequeña libreta de apuntes.

—No lo sabemos aún, gentiles damitas... el tiempo necesario, el tiempo necesario —repitió el individuo.

—¿Necesario para qué? —preguntó Lolita de nuevo.

—El necesario... —respondió el hombre— ¡para encantar a todos los niños de esta ciudad! ¿Les gustaría ver a la mujer araña?

—Pues... creo que volveremos a la función de esta noche —contestó Sandra antes de que Lolita pudiera responder.

—Serán mis invitadas de honor, les obsequiaré un par de boletos, vengan conmigo.

Las chicas siguieron al sujeto sin decir una palabra. Al menos habían obtenido dos boletos gratis, aunque muy poca información.

—Un par de preguntas más, por favor —insistió Lolita.

—Lo siento, deberán disculparme, estoy muy ocupado. Tenemos la inauguración hoy...

—¿Cómo es que no tienen electricidad? —preguntó Sandra sin amedrentarse—. ¿Por qué todo se ve tan antiguo?

—¡Es el "Circo del Recuerdo"! Hasta esta noche, gentiles damitas —fue la respuesta del encargado y dio la vuelta, dejando a las chicas que perplejas le miraban.

Capítulo
4

— «Gentiles damitas» —repitió Sandra—. ¡Ni mi abuelo hablaba así! Qué hombre tan extraño… y toda esa goma en el pelo, creo que no se despeinaría ni aunque un huracán se lo llevara.

—No te gusta el circo, eso me queda claro —dijo Lolita.

—¿Qué pondremos en la nota? "No dejen de visitar el circo del hombre engomado" —bromeó Sandra.

—Vendremos esta noche, eso nos dará algunas ideas. ¿Crees que te den permiso? La función de inauguración es a las nueve —preguntó Lolita, sosteniendo los dos boletos que el encargado les había obsequiado.

—A mi mamá no le importa adonde voy. La mayor parte del tiempo no sabe dónde estoy —respondió Sandra con un dejo de tristeza en su voz—. ¿Y a ti? ¿Te dejarán venir?

—Sí, con cosas de la escuela mis papás no se ponen pesados.

—Entonces nos vemos aquí a las ocho y media, ¿va? —sugirió Sandra.

—¡Va! —respondió su amiga con entusiasmo.

Ambas chicas se despidieron, tomando cada una rumbos distintos. Eran apenas las seis de la tarde y Sandra no quería volver a su casa: desde que su mamá había vuelto a casarse la casa estaba siempre vacía; su padrastro tenía un pequeño restaurante en las afueras de la ciudad y ambos estaban la mayor parte del tiempo ahí, atendiendo el negocio. Sandra decidió que se quedaría a husmear un poco alrededor del circo, para hacer tiempo antes de ir a cambiarse para la función de la noche. Ocultándose aquí y allá entre los árboles y los elefantes, observó el movimiento colorido y constante de los malabaristas, arrojándose bolos que daban vueltas en el aire, y a un hombre delgado que parecía casi un niño que caminaba sobre una cuerda sujetando una sombrilla.

"Todo esto es tan pasado de moda que hasta parece absurdo", pensaba la chica. Absorta en lo que miraba, se sobresaltó cuando oyó una voz a su espalda:

—¿Te gusta el circo, o te gusta espiar? —dijo la voz, con un acento extraño. Sandra se dio vuelta y, para su sorpresa, la extraña voz pertenecía a una mujer mayor pero todavía hermosa que vestía un tutú de color azul, adornado con plumas de pavoreal en la falda y sobre la cabeza.

—No estoy espiando —dijo Sandra brevemente y trató de alejarse, pero la mujer impidió avanzar.

—Si no estás espiando, ¿qué hacías detrás de este árbol? —insistía la mujer, acercándose tanto a Sandra que las plumas de la falda casi la tocaban.

—Estaba descansando, pero ya me voy —respondió, haciendo el intento de caminar, pero la mujer no se movía.

—Si te interesa tanto el circo, puedes pasar —dijo la mujer, sin hacer caso de las palabras de Sandra—. No necesitas esconderte.

—El hombre gordo del pelo engomado me dijo que me fuera porque estaban muy ocupados —arguyó Sandra, ya a la defensiva.

—¿Quién? ¿Anzo? *Ja, ja, ja* —rió la mujer—. Es natural, él no necesita chicas, pero a mí me hace falta un reemplazo.

—*¿Eh?*

—Ven conmigo, te mostraré el interior de este fantástico y mágico mundo del circo, ¿quieres venir? —ofreció la mujer y tomó la mano de Sandra viendo que ella dudaba—. Di que sí... ¿vamos?

—Bueno, gracias —respondió Sandra.

—Mi nombre es Daphne —dijo la mujer.

—¡Qué bonito! Yo me llamo Sandra —respondió la chica, notando que los demás miembros del circo la miraban con disimulo.

—Me alegro que te guste. Yo tenía una hermosa cabellera roja como la tuya cuando era joven; ahora es roja artificial y he perdido la mitad de la que tenía.

—Lo siento —respondió Sandra, interesada. La mujer sonrió y, tomándola de la mano, se dirigieron hacia la carpa principal.

Anzo Carloni entró a su improvisado camerino situado detrás de unas jaulas con leones. Era un carromato pintado de vivos colores azules y dorados. Dentro del pequeño espacio, las paredes estaban cubiertas por viejos carteles donde se leía en letras patinadas por el tiempo: "El Circo de Carloni", en diferentes idiomas y con distintas fechas; el más antiguo de ellos databa de 1843. Alguien lo estaba esperando sentado sobre el pequeño camastro. Un ser de horrible aspecto gris, de arrugado rostro con ojos negros y diabólicos.

—¡Adriano! ¿Qué haces aquí? —exclamó el dueño del circo sobresaltado.

—He estado por ahí... buscando reemplazos para Daphne y para Wanda.

—¿Has tenido suerte? —preguntó Anzo.

—Acabas de estar con ellas —respondió el horrendo ser.

—¿Las chicas de la entrevista para el periódico escolar?

—¿Qué te parecen, Anzo? ¿He escogido bien? —preguntó obsequioso.

—¿Cuál de las dos: la pelirroja o la morena?

—Las dos, Anzo, ¡las dos!

—No lo sé... la pelirroja se parece más a Daphne. Tiene ese mismo aire envalentonado y la misma cabellera; para Wanda necesitamos alguien más joven, una niña.

—He encontrado una niña también.

—No necesitamos tres, Adriano. Éste es un lugar pequeño. En las grandes ciudades no se nota tanto la desaparición de uno o dos chicos, pero aquí… es mucho riesgo.

—¡Riesgo! *Ja, ja, ja,* ¡¿riesgo?! Siempre hay riesgo, Anzo, pero quieres que el circo viva eternamente ¿no? Que la tradición no muera, ¡pues hay un costo, Anzo! Y ese costo son ¡vidas nuevas! Sólo yo y mi maravillosa máquina podemos darte eso, Anzo, no lo olvides.

—¡Cómo podría olvidarlo! —respondió el dueño del circo mirando a lo lejos—. Me parece verlo todo de nuevo, el año de la terrible plaga, la extraña enfermedad que estaba enfermando al circo entero, uno a uno morían mis viejos compañeros, mis queridos compañeros cirqueros, y apareciste tú, con tu abominable máquina, ofreciéndome salvar nuestras vidas y el circo… y yo fui débil y acepté, acepté cambiar otras vidas por las nuestras, no supe si eras un ángel o un demonio… permití que usaras tus hechizos para tomar la energía vital de inocentes y la trasladaras a nuestros cuerpos con tu diabólico artefacto. A veces cuando duermo, escucho el zumbido que produce la máquina al extraer la vida de los cuerpos, es una pesadilla constante…

—Una pesadilla que te permite seguir con vida, Anzo, a ti y a tu amado "Circo del Recuerdo" es tarde para arrepentimientos, estamos todos en esto, y yo me alimento de ello también, si uno se muere, todos desapareceremos.

—¿Te han visto?

—La niña y una de las chicas sí, pero Daphne me ahorró el trabajo con la pelirroja, *je, je, je* —dijo, haciendo una mueca y riendo con risa malévola—. La pequeña es cuestión de tiempo. La he mirado a los ojos: ella también, tarde o temprano, vendrá al circo.

—No necesitamos más, Adriano —dijo Anzo con una mirada de preocupación en su rostro—. No más.

Capítulo
5

En casa de David el teléfono sonaba...

—¡Es para ti David!

—¡Gracias, tía Sarita! —respondió el chico tomando el auricular.

—¡Hola, Lolita! ¿Qué hay?

—Sandra y yo tenemos boletos para el circo esta noche. Será nuestra primera reseña y pensamos que quizá tú y Miguel quisieran venir, pero... sólo tenemos dos boletos.

—¡*Ah!* Me gustan tus invitaciones, sólo falta que quieras palomitas y refresco también.

—¡Pues claro! —respondió Lolita, riendo.

—Yo le digo a Miguel. No veo problema, no teníamos ningún plan. ¿Dónde nos vemos?

—A las ocho y media en la taquilla del circo —dijo la chica.

—Estupendo.

—No lleguen tarde.

—Adiós —se despidió David y sonrió, como le pasaba siempre que hablaba con ella. Aunque de inmediato, la vocecita chillona de Natalia lo sacó de su ensimismamiento.

Natalia había estado escuchando la conversación de cerca y, en cuanto oyó a su hermano colgar el teléfono, le preguntó:

—¿Vas a ir al circo? ¿Me llevas? ¡Tía Sarita, David va a ir al circo! ¡Yo quiero ir! —gritaba la niña y daba voces, llamando a su tía, quien apareció alarmada a la entrada de la cocina.

—¿Qué son esos gritos, Nati? ¿Qué te pasa?

—David va a ir al circo y no me quiere llevar.

—¿Te dijo que no te quería llevar? —preguntó la tía, mirando a sus sobrinos y lamentando el día en que accedió a quedarse con ellos mientras sus padres estaban de vacaciones—. ¿Es cierto, David?

—No le he dicho, pero es cierto que no la voy a llevar.

—¿Lo ves, tía? ¡Nadie me quiere!

—No dramatices, hijita, cálmate. A ver, ¿por qué no quieres llevar a la niña?

Antes de que el chico pudiera contestar, Natalia se colgó de la falda de su tía y, apretando sus ojitos para exprimir alguna lágrima, le dijo:

—Ya déjalo, tía… soy un estorbo para todo el mundo, nadie me quiere en ningún lado —dijo entre sollozos y se abrazó a las piernas de su atribulada tía que no sabía qué hacer.

—David, ¿qué te cuesta llevarla? Si es por dinero yo le daré lo necesario…

—No es eso, tía. Esto es un trabajo de la escuela; es para nuestra nueva sección del periódico escolar y no quiero ir con mi hermanita. Ella tiene razón, sería un estorbo.

—¿Lo ves, tía? —repitió la niña, haciendo como que lloraba.

—Ya, mi tesoro, no llores. Si tantas ganas tienes de ir al circo, yo te llevaré el domingo, ¿qué te parece?

—No le hagas caso tía, es puro teatro.

—¿Cómo puedes decir eso, David? A todos los niños les gusta el circo —respondió la tía, tratando de consolar a Natalia.

—Yo quiero ir hoy, tía. ¡Dile que me lleve!

—Tu hermano tiene razón, Nati, es una cosa de la escuela. Te prometo que yo te llevaré el domingo.

—Me tengo que ir, tía, regresaré en cuanto acabe la función, como a las once.

—Que te vaya bien, hijo. Ven directo a casa.

—Sí, tía, gracias —respondió David y salió sin despedirse de su hermana.

—¿Por qué yo nunca puedo salir a divertirme, tía? Estoy aburrida de estar encerrada aquí —insistía Natalia.

—Pobrecita de ti, mi niña; pero ya ves que con mis reumas yo no puedo caminar mucho. No sé qué hacer por ti... justo hoy me siento especialmente entumida con este frío —suspiró la anciana. Percibiendo el sentimiento de culpa en su tía Sarita, la niña murmuró mirando hacia el piso...

—¿Sabes una cosa, tía? Mi amiga Lupita vive a dos calles de aquí y me invitó a dormir en su casa y a jugar, tiene muchísimas muñecas.

—¿Tu amiga Lupita? ¿Por qué no me lo habías dicho? ¿De dónde es esa amiga?

—Es mi compañera de escuela y no te lo dije porque... porque... —titubeaba la niña mirando al piso.

—¿Por qué, Nati?

—Es que pensé que no me ibas a dejar...

—Bueno, ya son las ocho...

—¿Lo ves, tía? ¡Ya lo sabía! —exclamó Natalia, ahogando un fingido sollozo.

—Espera, ¿dónde dices que vive? —preguntó la tía, mortificada.

—A dos calles de aquí, tía. Es muy segura su casa, mis papás siempre me dejan ir —insistió la niña, mintiendo.

—No me dijeron que tuvieras permiso para dormir fuera de casa, Nati, y tu hermano ya se fue...

—Él no cuenta, tía Sarita, tú eres la que me importa, ¿me das permiso? Ya ves que ni pude ir al circo...

—Está bien, pero déjame hablarle a la mamá de esa Lupita, ya es tarde y yo no puedo llevarte.

—*Ay*, puedo caminar dos calles sin problema, tía. Te llamo llegando y así puedes hablar con la mamá de Lupita, aunque seguro que no llega todavía porque trabaja mucho.

—¡*Ay!* Espero estar haciendo lo correcto... no sé si deba —titubeó la tía y, aprovechando el momento de debilidad, Natalia le dio un abrazo.

—Eres muy buena tía Sarita, voy a arreglarme.

—Está bien —le respondió la anciana en tono inseguro.

A la entrada del circo, los tres amigos se impacientaban.

—¿Dónde está Sandra? —preguntó Miguel—. No quiero acabar haciendo mal tercio.

—No empieces, Miguel —le dijo Lolita mirándolo enfadada.

—¡Ni digan! Si todos sabemos que ustedes dos...

—Ya cálmate —le dijo David con voz amenazante. Miguel gozaba apenándolo delante de Lolita.

—Quedamos de vernos aquí, ya no debe tardar, debemos esperarla otro poquito.

—Pero la función ya va a empezar, Lolita. Ya son las nueve —reclamó Miguel.

—La podemos esperar adentro —sugirió David.

—Yo tengo los boletos —respondió Lolita, preocupada.

—Podemos dejar su boleto en la taquilla, nos vamos a perder la presentación —refunfuñaba Miguel.

—Tengo una idea mejor: dejaremos el boleto con el fortachón del bigote que está recogiéndolos a la entrada, él verá si una chica llega sola, ¿no?

—¡Ya está! —exclamó Miguel—. Vamos adentro antes de que sea más tarde.

Capítulo

6

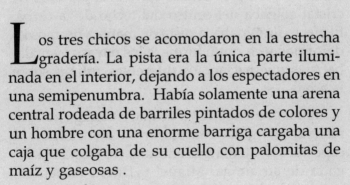

Los tres chicos se acomodaron en la estrecha gradería. La pista era la única parte iluminada en el interior, dejando a los espectadores en una semipenumbra. Había solamente una arena central rodeada de barriles pintados de colores y un hombre con una enorme barriga cargaba una caja que colgaba de su cuello con palomitas de maíz y gaseosas .

—¡*Guau!* —exclamó Miguel—. Esto es como un viaje en el tiempo.

—¡*Shhhh!* —ordenó silencio una mujer a sus espaldas, que iba con dos niños.

El sujeto que se había presentado como Anzo Carloni se encontraba en el centro de la pista, con el pelo reluciente y su levita dorada de galones rojos. En su mano derecha sostenía un antiguo altavoz, con el cual daba la bienvenida a la concurrencia.

—¡Que alguien le diga que se inventó el micrófono! —dijo Miguel.

—¡*Shhhhh!* —ordenó de nuevo la mujer de atrás. Lolita miraba constantemente hacia la entrada, esperando ver a Sandra aparecer de un momento a otro.

Cuatro enormes antorchas estaban distribuidas alrededor de la pista y un antiguo candelabro de múltiples brazos con velas y piezas de cristal colgaba del centro del techo de la carpa. El efecto iluminaba la pista de manera hermosa y deformaba, en cierta forma, a los payasos y malabaristas que hacían sus diferentes rutinas sobre la arena.

Lolita, preocupada ya de que su amiga no apareciera, no podía concentrar su atención en el espectáculo, atenta a la entrada, esperando la llegada de su amiga. Miguel y David hacían comentarios chuscos y comían palomitas de maíz, completamente absortos.

—¡Mira, Lolita! —exclamó David, jalando a su amiga del brazo—. Quitaron la red de protección de los trapecistas, ¡esto se pone bueno!

—Menos mal —susurró Miguel—. Ya me estaba aburriendo. Estas rutinas son muy viejas; ya nadie las cree, están muy vistas.

—¡Uy! Escuchen al conocedor —dijo Lolita en son de burla—. Medio día al frente del periódico y ya es un experto en espectáculos.

—¡Shhhhhhhhh! —se escuchó de nuevo a sus espaldas.

—Pobres niños —comentó Miguel en voz baja, refiriéndose a la mujer de atrás y sus dos hijos—. Ahora comprendo por qué no han abierto la boca.

David no pudo evitar reírse, escuchando como respuesta un resoplido a su espalda.

En ese momento, un grito ahogado de admiración se escuchó de todos los presentes. El grupo de trapecistas había hecho su aparición. Esbeltos y musculosos jóvenes, ataviados de negro y plata, llevaban sobre su espalda un arnés con alas recubiertas de lentejuelas que reflejaban las luces, cambiando de colores. Las trapecistas vestían de azul y plata, con unos trajes que semejaban pavorreales, con plumas sobre su cabeza y sobre sus diminutas faldas de tul. Todos cubrían sus rostros con máscaras imitando pájaros, dejando expuestos solamente sus cabellos y su boca.

Caminando deprisa, en medio de las calles solitarias por la avanzada hora, la pequeña Natalia se dirigía al circo. Había mentido a su tía Sarita, convenciéndola de que la dejara ir a casa de su amiga a pasar la noche. Sentía un poco de miedo y remordimiento, pero el desprecio de su hermano mayor le había calado hondo y tenía decidido darle una lección, demostrándole que ella podía ir al circo con o sin él.

La niebla había comenzado a bajar y el frío arreciaba, dándole a la calle un aspecto fantasmal. Con el dinero de sus domingos en el bolsillo, Natalia llegó a la taquilla del circo, pero la encontró vacía. Se acercó a la entrada y un hombre de grandes bigotes le bloqueó el paso.

—¿Quieres pasar sin pagar, eh?

—No señor, pero ya no hay nadie en los boletos —respondió Natalia, un poco intimidada.

—El espectáculo ya empezó hace una hora.

—Lo sé, no importa, quiero entrar —dijo Natalia, tratando de sonar decidida.

—Quieres entrar, ¿eh? ¿Vienes tú sola?

—Sí, pero mi hermano y sus amigos están adentro esperándome.

—¡Ah! ¿Y te dejó venir sola, en medio de la noche?

—Es que... —titubeó Natalia sin saber qué contestar.

—Comprendo... ven conmigo —dijo el hombre.

—¿Adónde? —saltó ella, desconfiando.

—A la taquilla de atrás. Ahí podrás comprar un boleto de entrada —respondió el hombre y comenzó a caminar hacia la parte trasera del circo, seguido por la niña. La niebla iba tragándose todo poco a poco, dejando muy poca visibilidad.

Capítulo

7

Un silencio atento reinaba dentro de la carpa. Los trapecistas hacían sus evoluciones poniendo cada vez más riesgo entre una conexión y otra. Realmente parecían "volar" unos a las manos de los otros, provocando los aplausos de la concurrencia. De repente, el sonido de tambores anunció el acto especial. El pesado cortinaje de color carmesí, que era la entrada de los artistas, se abrió de par en par y de ahí salió una joven completamente vestida de azul, luminosamente recubierta de lentejuelas. Su melena roja sobresalía de la máscara de pavoreal que portaba y sus rojos labios eran como una mancha roja sobre su ya pálida piel.

—Ahora, con ustedes, el ave más hermosa de los trapecistas, la inigualable… ¡Daphne! —anunció con entusiasmo Anzo Carloni. La gente cubrió de aplausos la presentación y la joven comenzó a trepar hasta lo alto del poste de los trapecios. Lolita miraba atentamente la escena: había algo que le resultaba vagamente familiar en la chica trapecista, pero no alcanzaba a comprender qué era.

—Es preciosa —murmuró Miguel.

—Sí —estuvo de acuerdo David, provocando una punzada de celos en Lolita quien rápidamente protestó.

—¿Cómo pueden saberlo? No se ve su cara.

—Ni falta que hace —respondió Miguel con picardía.

—Miguel quiere decir que no se está fijando en su cara, Lolita —explicó David bromeando.

—No se ponga celosa, doña Lolita —dijo Miguel—. Ya sabe que usted es la única en el corazón de mi amigo —concluyó el chico, poniendo un brazo alrededor de los hombros de David y sonriendo con complicidad.

—¡Ya párale, Miguel! —se quejó David quien estaba constantemente siendo objeto de bromas por parte de su amigo a causa de sus sentimientos hacia Lolita.

—A mí me recuerda a alguien… —Lolita— pero no sé a quién.

—Será que tiene el cabello rojo como Sandra —opinó Miguel.

—Es verdad —respondió pensativa Lolita, recordando de repente que su amiga no se había presentado.

—Debe ser una peluca. Aquí todos hacen de todo: uno de los payasos es el trapecista que recibe —dijo David— y la contorsionista es una de las chicas vestida de pavo real, la más flaquita de todas.

—Cierto, no lo había notado —afirmó Miguel.

Los trapecistas fueron seguidos del domador de leones, que era el mismo hombre que les había vendido los boletos en la taquilla a los chicos. Ellos ya comenzaban a aburrirse cuando el espectáculo final de un mago con su pequeña asistente llamó su atención.

"Ahora con ustedes… ¡Adriano el ilusionista y la fabulosa Wanda!" Entre gran bombo y platillo, el mago presentó una misteriosa caja de laca roja con inscripciones en negro y dorado que parecían letras chinas. Golpeó la caja dos veces con su varita mágica y del interior apareció una pequeña, vestida y maquillada como payasito, con una brillante peluca amarilla, la carita pintada de blanco y rematada con una falsa nariz de plástico color rojo.

—¡Uy! Es ese mago el que me da escalofríos —exclamó Lolita.

—Se ve horrible... su piel parece gris —comentó David.

—Es por las luces —explicó Miguel.

El mago y su asistente comenzaron su rutina. La payasita caminaba alrededor de la pista, mostrando un sombrero de copa aparentemente vacío, del cual el mago sacaría posteriormente un conejo. El público la ovacionaba enternecido.

Y mientras los chicos hacían sus consideraciones, el mago encerraba a su pequeña asistente en su capa y la hacía desaparecer ante el asombro de todos.

—¡Bravo! ¡Bravo! —gritaban y aplaudían algunos. De repente el reflector apuntó hacia el techo de la carpa y allí, balanceándose sobre el trapecio, estaba Wanda sonriendo al público.

—¿Cómo lo hizo? —especulaban otros, maravillados.

—¡Qué niña tan valiente! —comentó Lolita.

—No creo que sea una niña —dijo Miguel—. Debe ser una enana, como los dos payasitos del principio.

La noche de estreno había tocado su fin. Los miembros del circo sobre dos elefantes y tres caballos despedían el espectáculo. Los asistentes comenzaron a desfilar lentamente hacia la salida y, aún más lentamente, a avanzar y perderse en la niebla, tomando distintos rumbos.

—¿Qué pasaría con Sandra?

—Seguramente no la dejaron venir —respondió David—. Ya no te preocupes, nosotros cubriremos la nota, ¿verdad, Miguel?

—¡Seguro!

—¡Qué frío hace! Vámonos ya, no es una noche para andar en la calle —pidió Lolita.

—¡Falta de confianza! ¡Abrázala David! ¡Sé un caballero! —comenzó a molestar Miguel.

David lo miró con ojos fulminantes.

—¿Quieres mi chamarra, Lolita?

—¡Ay no, David! No es para tanto, gracias, caminando se nos va a quitar.

—Yo aquí me corto —anunció Miguel—. Tengo tarea pendiente.

—No seas así, acompáñame a dejar a Lolita a su casa.

—Noooo, ya sabes cuál es el onceavo mandamiento "no estorbar".

—Muy gracioso —respondió la chica—. Hasta luego, Miguel.

—Nos vemos —contestó él, agitando la mano en señal de despedida.

Lolita y David cruzaron el parque en dirección opuesta, con las manos en los bolsillos para protegerse un poco del frío. El bullicio de la gente saliendo del circo iba quedando atrás.

—Estás muy callada, ¿qué, te preocupa algo? —preguntó David.

—Me parece tan raro que Sandra no haya venido.

—A lo mejor de veras no consiguió permiso.

—No, ella no tiene esos problemas; sus papás, bueno, su mamá es muy liberal para los permisos.

—Tiene padrastro, ¿no?

—Sí, pero él casi no se mete con la educación de Sandra… lo que pasa es que, no sé, la he notado un poco deprimida.

—Si quieres vamos a buscarla a su casa —ofreció el muchacho.

—No, gracias, David. Ya es muy tarde, debo llegar a casa. La llamo cuando llegue.

—Como quieras, ¿podrías llamarme luego para decirme qué pasó?

—¡Claro! —respondió Lolita, sonriéndole. Estaban ya llegando a su casa—. ¿Cómo te va con tu tía Sarita?

—Es muy buena persona pero, ya quiero que regresen mis papás. No aguanto a Natalia: es muy mentirosa y mi pobre tía le cree todo lo que le dice, no sé que vamos a hacer con ella.

—Ya se le pasará, es cuestión de la edad yo creo —opinó la chica.

—Espero que tengas razón... Bueno, ¿me llamas? —pidió de nuevo David.

—En cuanto cuelgue con Sandra —respondió Lolita, sonriendo de nuevo y haciendo una cruz de juramento con sus dedos. El chico la miró embobado y sólo acertó a levantar la mano.

—¡Hasta luego!

No dejó de mirarla, mientras Lolita desaparecía tras la puerta de su casa.

—¡*Ahhh!* —suspiró el chico—. Jamás me atreveré a decirle que la quiero —murmuró, y silbando una melodía de moda tomó su camino a casa.

Capítulo
8

—Lolita, ¿eres tú, hijita? —preguntó en voz alta la madre de la chica, cuando oyó el sonido de la puerta.

—Sí mamá, ya llegué. ¿Dónde estás?

—Estamos aquí viendo una película en la tele —oyó la voz de su papá, respondiéndole.

—Habló la mamá de Sandra para preguntar si ella estaba aquí contigo, le dije que se habían ido al circo —concluyó el padre.

—¿A qué hora llamó, papá? —preguntó Lolita, asomando la cabeza al dormitorio de sus padres.

—No hace mucho, serían las diez más o menos —respondió la mamá, sin quitar los ojos de la pantalla—. ¿No quieres ver esta película? Está muy buena, acaba de empezar.

—No, mamá, gracias; voy a hablar por teléfono y me voy a acostar.

—¿Qué tal el circo? —preguntó su papá llevándose un pedazo de pizza a la boca.

—Bien, papá. Un poco extraño, te contaré mañana. Buenas noches.

—Buenas noches, princesa —le respondieron ambos padres al unísono. Lolita era su única hija, y para ellos su mayor tesoro. Era una chica estudiosa y tranquila. Ninguno de los dos notó su nerviosismo.

—¿No está? —repitió Lolita, como no creyendo lo que la tía de David le informaba al teléfono—. ¿No ha llegado del circo?

—Ya llegó hija, lo que pasa es que salió de nuevo —explicó la tía—. Es que estoy tan nerviosa.

—¿Salió? Si me pidió que le llamara... —insistía la chica incrédula.

—Sí, sí, es que... verás, ¡ay, santos benditos! Yo ya no estoy para estas cosas —exclamó la anciana.

—Perdóneme, no quise molestarla —se disculpó la chica apenada.

—No es eso hija, es que Natalia se fue a casa de una amiguita y quedó de llamar y no ha llamado. David fue a buscarla.

—¿A esta hora? ¿Adónde?

—A casa de su amiga Lupita; está aquí cerca, a un par de cuadras. En cuanto él regrese le diré que has llamado.

—Por favor, dígale que me llame, es muy urgente.

—Con mucho gusto, Lolita.

—Gracias —respondió la chica, colgando el auricular con mano temblorosa. Sentía una inexplicable angustia. Sentada junto al teléfono no se decidía a llamar a casa de Sandra: si su amiga estaba en otra parte, ella iba a echarla de cabeza si llamaba. Tenía que hablar con David primero para pedirle consejo. En eso estaban sus pensamientos cuando el teléfono sonó, sobresaltándola.

—¿Bueno?

—¿Lolita? Habla David.

—Te llamé como prometí —dijo la chica.

—Me dijo mi tía, perdona, es que tenemos un problema.

—Yo también.

—¿Qué pasa? Espero que no sea tan grave como el mío.

—Tú primero.

—Natalia no aparece.

—¿Qué? ¿Cómo que no aparece? ¿No está en casa de su amiga?

—No, en este momento estoy buscando el directorio del colegio para llamar a todos sus compañeros, pero quise llamarte primero.

—Pero si es casi medianoche…

—Lo sé, pero no se me ocurre qué otra cosa hacer o dónde buscarla.

—¡Dios mío! No tengo idea, David…

—Imagina cómo me siento yo, y con mis papás fuera… no sé que hacer.

—¿Puedo ayudarte en alguna forma?

—Gracias, pero en este momento no se me ocurre cómo. Voy a llamar a casa de sus compañeros, ¿y tú qué vas a hacer?

—Nada, nada, no tiene importancia, por favor avísame si logras localizarla, me quedaré muy preocupada.

—¿Puedo llamarte aunque sea tarde?

—Por favor hazlo, prométemelo David.

—Lo prometo.

—Buena suerte.

—Gracias, adiós —respondió el chico, colgando el teléfono.

Esa misma noche en el circo…

—¿Como están Daphne y Wanda? —preguntó Anzo.

—Wanda está muy débil después de la función de esta noche, hemos esperado demasiado para el reemplazo, pero ya tengo a la niña lista, empezaré con ella primero. Wanda debe recibir el fluido cuanto antes —respondió el temible y maligno ser gris de ojos diabólicos que hacía las veces de ilusionista—. Daphne ya recibió la primera sesión, ¿no lo notaste? Estuvo sensacional esta noche.

—¿Y la chica?

—Durmiendo. Es sana y fuerte, tomará un poco de tiempo para que abandone por completo su antiguo cuerpo, podamos deshacernos de él y se convierta definitivamente en Daphne.

—¿Cuánto tiempo?

—¡Tú sabes cuánto tiempo, Anzo! Tres sesiones: lleva apenas una, le tomará uno o dos días, como todos los demás, como todos los otros, años tras año, ¿por qué estás tan intranquilo esta vez?

—No lo sé, tengo un presentimiento… sabes lo qué ocurriría si Daphne muere.

—Sí, moriremos todos, pero no permitiré que suceda.

—¿No puedes acelerar el proceso, Adriano? ¿Deshacernos de los cuerpos hoy mismo? —pidió Anzo.

—No, sería fatal para Daphne y Wanda.

—Fatal… —susurró Anzo.

—¿Qué estás pensando? —preguntó Adriano, intrigado.

—Nada, nos vamos esta misma noche —respondió Anzo—. Como sea, nos iremos de aquí ahora mismo.

—Eres el jefe del circo, Anzo, tú mandas.

—Prepara todo, podemos acampar en las cercanías, ocultarnos en el bosque, pero que sea ya.

A increíble velocidad el circo fue desmontado y se puso en camino. En su vagón, Adriano se preparaba…

Capítulo
9

Lolita esperaba ansiosa junto al teléfono alguna noticia de David. Era ya pasada la medianoche. Oía a sus padres charlar y reír frente al televisor, gozando de su diversión de fin de semana, cuando el teléfono sonó finalmente. Lolita se abalanzó al aparato.

—¡Es para mí! ¡Ya contesté!

—¿Lolita...?

—¿Sí? —respondió la chica, sorprendida al darse cuenta de que no era David quien llamaba.

—Perdona la hora, habla la mamá de Sandra.

—Sí, señora, no se preocupe —dijo la chica sintiendo que el corazón se le encogía..

—¿Está Sandra contigo?

—*Ehhh*... no, señora, no está aquí.

—¿No sabes dónde está? Me dijo que iría contigo a hacer unas entrevistas.

—Estuvimos juntas esta tarde haciendo un trabajo de la escuela, pero ya no la vi después.

—Estoy muy preocupada porque no ha llegado a casa y normalmente me deja un recado sobre el refrigerador; pero no ha llamado ni parece que haya vuelto a casa esta tarde —decía la madre con voz preocupada.

—Yo... francamente no sé dónde pueda estar.

—Por favor, Lolita, si sabes algo dímelo, cualquier cosa es peor que esta angustia.

—Por supuesto que se lo diría señora, pero de verdad no he visto a Sandra desde esta tarde.

—Bueno, si sabes de ella dile que me llame. No es normal que llegue a casa después de las doce.

—Sí, señora, no se preocupe.

—Buenas noches, Lolita.

La conversación con la mamá de Sandra dejó a Lolita muy angustiada. Se quedó sentada, dormitando junto al teléfono, esperando a que David llamara de nuevo. Había transcurrido poco más de una hora cuando el repiquetear del aparato casi la hace caer de la silla, despertándola.

—Soy yo, Lolita —dijo David del otro lado de la línea.

—¿Encontraste a tu hermana?

—No, ya llamé a todo el grupo de tercero de primaria y no está en casa de ninguno de sus compañeros tampoco la han visto desde que salió de clases, ni habló con ninguno de ellos.

—¿Qué vas a hacer, David?

—Mi tía quiere llamar a mis papás a su hotel, pero yo le pedí esperar un poco, mi papá va a matarme... es mi culpa, no cuidé bien de ella.

—No digas eso, ¿cómo ibas a saber que tu tía le permitiría salir sola?

—Se enojó conmigo esta tarde porque no quise llevarla al circo.

—¿No estará escondida en algún lugar de la casa? Tú sabes, para desquitarse.

—Ya la buscamos en todos los rincones, con los vecinos, hasta con su maestra de piano. Sólo me falta empezar a llamar a los hospitales y a la policía. No quiero ni pensar que algo malo le haya ocurrido.

—No te aceleres, necesitas mantenerte calmado, ¿cómo está tu tía?

—Al borde de un infarto, no ha dejado de llorar.

—Sandra no está en su casa tampoco…

—¿Cómo?

—Su mamá me acaba de llamar, dice que no sabe de ella desde que regresamos de la escuela, parece que yo fui la última persona que la vio. Nos separamos esta tarde como a las seis.

—¿Qué te dijo?

—Que nos veríamos a la entrada del circo a las ocho y media, pero ya viste que no llegó.

—El circo… ¿crees que Nati se haya ido sola al circo?

—No lo sé, tú conoces mejor a tu hermana ¿crees que se haya animado a ir sola porque no la quisiste llevar?

—Y si lo hizo, ¿dónde está? La función se terminó a las once.

—No sé, David…

—Iré a buscarla —dijo decidido el muchacho.

—¿Al circo? ¿A esta hora?

—¿Se te ocurre una mejor idea?

—Pero, son casi las dos de la mañana.

—No puedo quedarme aquí sin hacer nada.

—Iré contigo —dijo Lolita en un impulso.

—¿Estás loca? Ahora soy yo el que dice "son casi las dos de la mañana".

—Ven por mí, hablaré con mis papás. Estoy segura de que no se van a negar.

—Como tú digas, te veo en quince minutos.

Pero Lolita estaba en un error, sus padres lamentaron profundamente el hecho de que Natalia no apareciera, pero no iban a permitir que Lolita saliera de casa a esa hora de la madrugada a recorrer las calles del pueblo.

—Lo siento, hija —dijo su padre—. Lo que este chico debe hacer es llamar a sus padres de inmediato y acudir a la policía.

—Comprende, hijita, es peligroso salir a estas horas… un par de chicos solos, sin saber realmente dónde buscar —titubeó la madre.

—Lo entiendo. Le explicaré a David, él comprenderá, de todas formas yo ya tenía mucho sueño, buenas noches.

—Buenas noches —respondieron sus padres de nuevo.

Lolita corrió a su habitación y cerró la puerta. Abrió su mochila y sacó una hoja de papel en blanco. Tan rápido como pudo dejó un mensaje para sus padres y lo puso sobre la almohada; si la descubrían al menos no quería que se preocuparan. En la nota les explicaba que ella sentía que debía estar al lado de su amigo en este momento. Algo la jalaba hacia el circo, no podía explicarse qué era: una urgencia salida de no sabía dónde. Tomó sus guantes y su gorrito de lana, salió por la ventana lo más silenciosamente que pudo y la cerró con cuidado, internándose en la noche. La niebla era tan densa que apenas si podía distinguir sus pies sobre la banqueta. Unos faros de luz la deslumbraron repentinamente y un auto se paró a escasos centímetros de ella.

—¡Lolita! Casi te atropello —dijo una voz que la chica reconoció como la de su amigo Miguel.

—¿Qué haces aquí, Miguel? ¿De quién es este coche?

—Sube o te vas a congelar ahí afuera —respondió David, abriendo la portezuela trasera del auto.

—Es el coche deportivo de papá. Casi no lo usa y no va a extrañarlo —dijo Miguel—. El y mamá duermen como dos benditos.

—¿Cómo lo hiciste? Pensé que tu papá no te dejaba manejar todavía —preguntó todavía sorprendida la chica.

—No me deja, y me esconde las llaves por si acaso me lo llevo sin permiso —contestó Miguel.

—¿Entonces cómo?

—Papá siempre me está diciendo que "hombre precavido vale por dos" y, como yo soy muy obediente, tengo unas copias —terminó diciendo Miguel, riéndose bajito de su travesura.

—Le pedí a Miguel que nos acompañara —explicó David.

—Ya ves, él no puede vivir sin su mal tercio —bromeó Miguel.

—¡Ya vas a empezar! —se quejó David—. Esto es muy serio.

—Perdóname amigo, tienes razón —respondió Miguel arrancando el coche.

Capítulo
10

Los chicos llegaron al parque entre la densa niebla, dejaron el auto y caminaron cautelosamente tratando de orientarse. Sus ojos no podían creer lo que veían, ¡el circo entero había desaparecido!

—¡Se han ido! —exclamó Lolita.

—Debieron comenzar a desmontar en cuanto terminó la función —opinó Miguel.

—Es increíble que lo hayan hecho tan rápido —dijo David.

—No pueden estar muy lejos —agregó Lolita—. Todo esto es muy sospechoso. ¿Quién querría irse el mismo día de la inauguración? No les fue tan mal.

—Ocultan algo, ¡eso es seguro! —aseguró Miguel.

—¡Te lo dije! Yo presentía algo... —murmuró David.

—Pues vamos tras ellos —dijo Miguel, decidido.

—¿Tras ellos? ¿Adónde? —preguntó el chico.

—¡Pues a la carretera principal! ¿cuál otra? —respondió Miguel.

—Espera, espera Miguel. Si realmente están ocultando algo, quizá tomaron el camino a la montaña. Creo que buscarán una carretera menos transitada —dijo Lolita.

—Tiene que ser una de las dos, ¿pero cuál? —se preguntaba Miguel.

—Nunca los encontraremos con esta niebla.

—¡No seas pesimista hombre! —le regañó su amigo.

—¿Y si mi hermana no está con ellos, ni Sandra tampoco?

—Pues, nos disculpamos, nos vamos y seguimos buscando, pero debemos estar bien seguros, David. Eso de que se hayan ido los hace parecer culpables, como si estuvieran huyendo.

—Bueno, chicos, el tiempo pasa y tengo frío, ¿qué opinan? ¿carretera principal o carretera a las montañas? No hay más que de dos —anunció Lolita.

— *¡Híjole!* No sé...

—¿Alguien tiene alguna moneda? —pidió Miguel.

—¿Quieres echar un volado? ¡Oye! Este es un asunto muy serio, mejor tratemos de pensar...

—¡Estamos perdiendo tiempo! —interrumpió Lolita intranquila.

—¿Y si buscamos el rastro como en las películas? —sugirió Miguel.

—¡Con esta niebla!

—No pierdas el ánimo David.

—Es que no se ve nada —insistió el chico.

—*Hummm...* —murmuró Miguel—. "Hombre precavido vale por dos".

—¿Qué murmuras Miguel? —preguntó Lolita.

—Alguna incoherencia de seguro —respondió David.

—Digo que "hombre precavido vale por dos", mi padre sí que vive lo que predica —contestó abriendo la cajuela del coche.

—¿Qué? No te entiendo nada.

—¡*Ajá!* Aquí está, si lo sabía, miren esto —exclamó Miguel deslumbrando a ambos chicos con una gran lámpara de mano.

—Ya Miguel, me vas a dejar ciega.

—Disculpa. Miren esta maravilla, y seguro que si busco más encontraré baterías de repuesto, ¿qué dicen? ¿vamos tras el rastro?

—¿Cómo? —protestó Lolita—. ¿Esperas que camine al lado del auto o qué?

—No, Lolita, solo tendrás que colgar medio cuerpo por la ventana junto a tu adorado, quien irá alumbrando la calle, mientras yo manejo.

—¡Va! —respondieron y treparon al auto.

—Digo que "hombre precavido vale por dos", y mi padre sí vive lo que predica —contestó, agachándose para buscar algo bajo sus pies.

—¿Qué haces? ¡Estamos perdiendo tiempo! —dijo Lolita, intranquila, pero no obtuvo respuesta.

—Miguel, no es hora de limpiar el coche, ¡vámonos! —gritó David, que estaba más que desesperado.

—¡*Ajá*… lo sabía! —exclamó Miguel, poniéndose de nuevo al volante—. Yo vi a mi papá instalando unas luces especiales el otro día y ya encontré el interruptor.

De inmediato encendió el auto y unas luces amarillas, muy potentes, salieron del frente del auto, haciendo el camino visible, como si hicieran que la niebla se dispersara.

—¡Perfecto! Ahora sí, busquemos el rastro —finalizó David.

Restos de paja, aserrín, y alguno que otro remanente orgánico de elefantes y caballos les indicaron de inmediato el rumbo que la caravana del circo había tomado.

—¡Van hacia la montaña!

—Eso parece —dijo Miguel, parando el auto en la encrucijada de la carretera principal y la que iba hacia la montaña.

—A ver Watson, baja del auto, toca esos desperdicios y dime cuánto tiempo hace que pasaron por aquí.

—¡Sólo eso me faltaba! —protestó David indignado, haciendo que Lolita y Miguel rieran con ganas—. Qué bueno que todavía pueden reír.

—No lo tomes a la tremenda, Miguel, es risa nerviosa, no lo dudes... y ahora, ¡vamos tras ellos! —gritó Miguel y dramáticamente giró el auto rumbo a la carretera de la montaña. El sinuoso camino, la oscuridad de la noche y la espesa niebla contribuyeron para que el trayecto se hiciera largo y lento.

David, desesperado, trataba de iluminar a los lados del camino en busca de algún indicio de la presencia del circo.

—Es como si hubieran desaparecido en el aire —murmuró.

—No puedo avanzar más rápido, aún con las nuevas luces casi no se ve; aunque no creo que haya nadie transitando por esta carretera a esta hora.

—Pensemos —sugirió Lolita—. ¿Para qué vendrían a la montaña?

—No sé. No hay nadie acá arriba —respondió Miguel.

—Por eso mismo, es un buen lugar para ocultarse —agregó David.

—No hay nada, lo siento —dijo Miguel, pero David no parecía prestar atención a las palabras de su compañero.

—¿Escuchan eso? —preguntó.

Se oía un murmullo extraño que rompía el frío silencio de la noche.

—¿Qué es ese sonido? —preguntó Miguel.

—Son mis dientes —respondió Lolita—. Me muero de frío.

—No... —sonrió Miguel—. Ese zumbido, ¿lo escuchan? Apaga el coche para poder oír.

—Parece un motor...

—Más bien parece como un gigantesco panal de abejas.

—Tengo miedo —murmuró Lolita—. El bosque se ve horrible de noche.

—¡Sí, no se ve nada! —exclamó David tratando de bromear.

—¡Pues por eso mismo tonto!

—¿Miedo, Lolita? —dijo Miguel—. Si te trajimos para que nos cuidaras...

Capítulo 11

Los chicos rieron, tratando de sentirse menos atemorizados. El panorama era verdaderamente tétrico, con el viento helado moviendo las ramas de los árboles y el intenso zumbido que parecía salir de la niebla misma.

—¿Qué hacemos ahora? —preguntó la chica.

—Encontrar el circo, por aquí debe de estar —dijo David.

—Sigamos el sonido, seguro que viene de allí —apuntó Miguel hacia un claro del camino.

Mientras tanto, muy cerca de ellos, el mago Adriano llevaba a cabo una peligrosa operación. Sobre un sucio camastro, el cuerpo de Sandra yacía boca abajo junto al cuerpo de una anciana de su mismo peso y estatura, y apenas unos pasos más allá se veía el cuerpo de Natalia junto al de una mujer enana, muy envejecida también. Las cuatro parecían estar dormidas.

Un tubo delgado y azuloso salía de la boca de Sandra y se conectaba a la nariz de la anciana que se encontraba junto a ella; dos tubos más, conectados a las venas de sus manos, extraían su sangre que pasaba lentamente hacia la anciana. Un extraño aparato arrinconado en un extremo del carromato producía un fuerte zumbido y parecía bombear el brillante y translúcido fluido de Sandra a la vieja mujer. Con sus dedos huesudos y grisáceos, Adriano conectó la pequeña boca de Natalia a un tubo similar e introdujo el extremo en la nariz de la mujer enana, quién abrió los ojos sorpresivamente...

—Tranquila, Wanda, pronto estarás bien, tendrás vida nueva... Duerme.

—No quiero morir, Adriano. Quiero continuar viviendo con ustedes, en el circo, por favor...

—No morirás, ninguno de nosotros lo hará. Podrás vivir otros setenta años, te lo prometo.

—Me siento muy débil, Adriano, cada vez es más difícil... —murmuró con gran esfuerzo la mujer.

—Estamos a tiempo. Ésta es apenas la primera sesión, estarás como nueva cuando terminemos con la niña.

—¿Dos sesiones más, Adriano? No sé si podré aguantar...

—Sí que podrás, ahora duerme... —diciendo esto, pasó sus manos sobre el rostro de la mujer quien instantáneamente se quedó dormida. Unos breves toquidos en la puerta interrumpieron al ilusionista.

—Date prisa, Adriano, ¿podemos irnos ya? No quiero quedarme aquí mucho tiempo —preguntaba Anzo impaciente.

—No debemos acelerar el proceso, podría ser mortal. Necesito unos minutos más —respondió el mago—. ¿Por qué estás tan nervioso? La niebla no se levantará hasta la madrugada —dijo, mirando fijamente al hombre con sus negros y brillantes ojos diabólicos.

—Ahora, si no te importa, Anzo, necesito estar solo para poder terminar con esto —susurró al final.

—¡Bah! Eres el más grande de los hechiceros que he conocido, podrías apurarte si así quisieras —exclamó el dueño del circo y salió del carromato.

Los tres chicos se habían acercado al circo guiados por el sonido. No se veía a nadie, pero los coloridos carromatos eran más claros conforme los chicos se acercaban y de dos de ellos salía una tenue luz a través de las pequeñas ventanas.

—Suena como una aspiradora —dijo Lolita.

—Tal vez es una especie de limpieza nocturna —opinó David.

—¡Ay sí! ¿Escondidos en el bosque? ¡No me digas! —protestó Lolita.

—¡Oye! Es sólo una opinión —respondió David ofendido.

—No lastimes su corazoncito, Lolita, es vulnerable —explicó Miguel burlón e inmediatamente sintió el manotazo de David sobre su cabeza.

—¡Ay! Era una broma —dijo el chico tocándose la cabeza—. ¡Cállense! Nos van a oír —dijo Lolita, agazapada como estaba detrás de un árbol.

—Propongo que uno de nosotros vaya por delante —sugirió Miguel—. Es menos probable que nos vean que si vamos los tres.

—Yo iré —se ofreció David.

—Pero, ¿adónde? —preguntó la chica preocupada.

—Me orientaré por el sonido, debe haber alguien ahí —respondió el muchacho.

—Y nosotros, ¿qué hacemos?

—Esperen aquí, detrás de este árbol. Si veo algo sospechoso y necesito ayuda, volveré por ustedes.

—Está bien —respondieron Lolita y Miguel.

—¡Cuídate mucho! —lo apremió la chica, en voz baja.

—No te preocupes —respondió David y en un impulso se acercó a ella y le dio un rápido beso en la mejilla. Miguel se hacía el disimulado mientras veía a su amigo alejarse. Ninguno de los dos hizo ningún comentario, sólo aguantaban la respiración en medio del temor que todo el asunto les inspiraba.

David caminó unos cuantos pasos más hasta ocultarse detrás del carromato de donde provenía el zumbido. Incorporándose lentamente se asomó a una mirilla que, como una pequeña ventana redonda, iluminaba tenuemente la fantasmal niebla mezclada con la oscuridad de la noche sin Luna.

Lo que descubrió en el interior le hizo flaquear las piernas: la visión de su pequeña hermana, pálida como una muerta, con tubos conectados a su cuerpo fue la última imagen que registró su cerebro antes de sentir un tremendo golpe en la cabeza y ser arrastrado por los pies, hasta que todo se puso negro.

Capítulo

12

—Todo está listo para irnos, Anzo —dijo un hombre altísimo y musculoso—. ¿Qué hacemos con éste que agarramos espiando? —agregó apuntando a la maltrecha figura de David atada de pies y manos, aparentemente inconsciente.

—Lo llevaremos con nosotros, no debemos dejar huellas. Para cuando descubran su desaparición ya será tarde. Me preocupa que haya más con él, ¿ya revisaron los alrededores?

—No, estaba solo…

—¡Revisen, idiotas! Lo último que necesitamos es que venga el pueblo tras él.

—Sí, Anzo —respondió el grandullón, intimidado.

—Junta unos cuantos. Iré a decirle a Adriano que debemos irnos ahora mismo.

—Y… ¿si encontramos a alguien más?

—Haz lo que quieras, pero detenlos —respondió con voz terrible el dueño del circo.

—David no regresa —insistía Lolita.

—No te preocupes, es un chico listo, apenas han transcurrido unos minutos.

—No, veinte minutos Miguel, ¿qué hacemos? —decía Lolita, mirando su reloj de manecillas fosforescentes. Miguel hacía un esfuerzo por distinguir algo, cuando de pronto vio venir hacia ellos a un grupo de hombres del circo, armados con palos.

—¿Qué hacemos? ¡Correr, Lolita! Creo que nos han descubierto.

—¿Qué? ¿Correr? ¿Hacia dónde?

—¡Tengo una idea! ¡Súbete en mi espalda! ¡Rápido! ¡Arriba del árbol!

La chica escaló el tronco con la ayuda de Miguel y se encaramó lo más alto que pudo sobre una fuerte rama, seguida del chico que hizo lo mismo y, con un gesto de su mano, le impuso silencio. Los hombres habían llegado justo debajo del árbol que les servía de refugio. Lolita trataba de contener las lágrimas y la respiración, mientras escuchaba las voces de los hombres tan cerca de ella.

—Aquí no hay nadie, Marcelo —decía uno de ellos.

—Anzo quiere que nos aseguremos, es una buena noche para ocultarse —respondió el grandullón de los bigotes.

—Creo que era un mirón solitario —dijo un tercero—. Si hubiera dado la alarma ya tendríamos aquí a la policía. Mejor regresemos.

—Tienes razón —respondieron los otros y dieron marcha atrás.

Dentro de uno de los vagones, Adriano y Anzo discutían:

—¡Tendrás que aceptar mis condiciones si quieres que tu circo viva para siempre, Anzo! El gran Anzo Carloni, descendiente de Franconi , ahora se amedrenta . Nada te importó antes con tal de salvar el circo y tu nombre.

—¡Estamos en peligro! Puedo sentirlo en mis entrañas.

—Entrañas que laten gracias a mí, Anzo, no lo olvides; gracias a la vida de otros seres que he

sacrificado por ti, ¡no permitiré que me des órdenes! —gritó, mirándolo con sus profundos ojos
negros que eran el arma que utilizaba para hip-
notizar a sus víctimas.

—Sólo quiero que continuemos nuestro camino ya, Adriano, no pretendo darte órdenes —respondió el dueño del circo con voz mansa—. Nos
han encontrado, hemos descubierto a un espía
en los alrededores, vendrán más y todo habrá
terminado.

—No seas fatalista, Anzo, no es tu estilo. Hemos sobrevivido ciento cincuenta años y sobrevi-
viremos muchos más. Deja ya de quitarme el tiempo, Wanda está muy débil, necesita de un poco
más de ectoplasma antes de desconectarla y no
puedo concentrarme contigo interrumpiendo a
cada momento, tomará unos minutos solamente.
Piensa en esto Anzo: si Wanda muere, nos iremos
todos con ella, estamos encadenados, ¿lo has olvi-
dado?

—¡Sea pues! —respondió Anzo dándose por
vencido.

—Encaramados todavía sobre las ramas del
árbol que los había salvado, Miguel y Lolita se
cercioraban de que los hombres se hubieran
marchado.

—Ya no están, Lolita, bajemos de una vez.

—No puedo... —respondió la chica con voz temblorosa y grandes lágrimas corriendo por sus mejillas.

—¿Cómo que no puedes?

—No puedo moverme.

—Es el miedo que te ha paralizado. Respira profundo, piensa en David, no podemos dejarlo solo, quién sabe que le habrá pasado, debemos ir por él.

—Miguel...

—¿Qué?

—Me muero si algo le pasa.

—Él también se va a morir si no hacemos algo... anda baja poco a poco, yo te ayudaré.

En el interior del carromato donde lo habían ocultado, David forcejeaba tratando de desatarse, pero era inútil. Las cuerdas que ataban sus manos y pies estaban fuertemente anudadas. Hasta sus oídos llegaban las voces apuradas de afuera, en especial una que daba órdenes terminantes.

—¡Marcelo! Engancha las jaulas de los animales al remolque y después —sentenció Anzo con acento siniestro bajando la voz— el muchacho que encontraste, no vamos a necesitarlo, ya sabes que hacer con él.

—¿Para los leones, patrón?

—Sí, no debe quedar huella.

Al oír esto, David sintió cómo un escalofrío le recorría la espalda y, con fuerza inesperada, decidió arrastrarse hasta la puerta. Con un poco de suerte no estaría cerrada con llave y, ayudado de su boca, lograría salir. Cual enorme culebra, el chico comenzó a impulsarse sobre su cuerpo. Llegó hasta la entrada del carromato, esperó a que las voces se alejaran y, poniéndose de rodillas, mordió la manija de la cerradura que dejó en su boca un sabor a cobre y suciedad. Tenía que salir antes de que el hombre de nombre Marcelo viniera por él. Minutos después logró abrirla y cayó, rodando los dos pequeños escalones de madera para luego ocultarse a rastras bajo el carromato.

Capítulo
13

El rostro de Sandra había palidecido considerablemente y los movimientos de su pecho eran débiles e irregulares, pero estaba tratando de moverse, lo que alarmó a Adriano: la chica estaba volviendo en sí.

El diabólico ser se acercó entonces a la extraña maquinaria que, como una bomba de succión, extraía la vida de la joven, pero no pudo llegar hasta ella. Un enorme estallido hizo retumbar el pequeño carromato que servía de habitación y Adriano resbaló, desconectando sin querer los tubos que unían a las chicas. Miguel había estrellado el automóvil de su padre contra el carromato, abriendo un boquete a un lado por el cual asomaba la defensa del deportivo azul.

—¡Nooooo! —gritó Adriano, tratando inútilmente de reconectar los tubos. viendo como Natalia abría los ojos y la precaria vida de Wanda se le escapaba de las manos. Miguel y Lolita, horrorizados por lo que habían descubierto y armándose de valor, entraron al lugar y entre los dos trataban de levantar a Sandra y Natalia para subirlas al coche.

—¡No lo hagan! —gritaba Adriano, cada vez más débil, sujetando a Lolita por una pierna. La chica pudo zafarse cuando sintió cómo la mano de Adriano perdía fuerza. A los gritos y el escándalo del golpe, el resto de la compañía del circo se acercó corriendo, pero sólo alcanzaron a ver cómo los chicos huían con su preciosa carga. Con pasos cada vez más lentos y débiles se acercaron hasta Adriano, para descubrir que Daphne y Wanda habían muerto.

—Es el fin, Anzo, tu presentimiento se cumplió —murmuró Adriano.

—Te veré en el infierno, ¡maldito! —fueron las últimas palabras de Anzo.

Uno a uno comenzaron a caer, trapecistas, payasos, el domador, la contorsionista, haciéndose de repente un silencio sobrenatural sobre el lugar que fue roto por un grito inesperado...

—¡Migueeelllll! ¡Aquí! —se retorcía David dando alaridos—. ¡Estoy aquí!

Al escuchar la voz de su amigo, Miguel enfiló el carro hacia el lado opuesto del vagón y las luces de los faros altos alumbraron la silueta de David sobre el suelo, sangrando de un brazo. Lolita se bajó del auto como una exhalación y corrió al lado del chico.

—¡David!, ¿estás bien? —dijo, abrazándolo.

—¿Y mi hermana?

—Las encontramos —respondió Lolita, desamarrándole los pies—. ¡Vámonos de aquí!

En el interior del auto, Miguel se impacientaba ya cuando vio que sus dos amigos subían al carro. Sandra permanecía sentada sin moverse y con los ojos cerrados, pero su respiración se había normalizado. En cuanto a la pequeña Natalia, su recuperación fue más rápida. Abrió los ojos para ver a su hermano y, abrazándose a él, sin soltarlo, sollozaba asustada.

—No es momento para ponerse románticos —dijo Miguel, y pisó el acelerador a fondo.

—Recuérdame de golpearte cuando me haya recuperado —respondió David, haciendo una mueca a manera de sonrisa—. Gracias por haber venido al rescate.

—Cuando quieras... de todos modos Lolita y yo estábamos muy aburridos, trepados en un árbol.

—¿En un árbol? —exclamó David.

—Ya te contaré —respondió la chica—. ¿Qué hacemos ahora?

—Vamos a mi casa, por favor —pidió David—. Tía Sarita debe estar muriendo de la preocupación si es que no ha llamado ya a mis padres —agregó el muchacho a media voz, sin poder quitarse de encima a su hermanita que le rodeaba el cuello con sus pequeños brazos y continuaba llorando.

—Era el mismo, David, el mismo que vi en la ventana el día que no quisiste salir, el mismo que asustó a Lolita.

—¿De que estás hablando, Nati?

—El hombre de la ventana.

—No pienses en eso ahora, te llevaré a casa.

—Quería matarme David y a Sandra también.

—Prohibido hablar de muerte por el resto de la noche, por favor —murmuró Sandra, haciendo que el grupo volteara hacia ella.

—¿Cómo te sientes? —le preguntó Lolita acariciando el hermoso cabello rojo de su amiga.

—Como si me hubieran pisoteado los elefantes, estoy muy mareada.

—Ya pasó Sandra. Lo que haya sido, ya pasó, estamos juntas ahora —la tranquilizó Lolita.

—¿Cómo supieron donde encontrarnos? —preguntó Sandra débilmente.

—No lo sabíamos, David sospechaba que la desaparición tuya y de Natalia apuntaban al circo, los seguimos, y luego fue idea de Miguel estrellar el carro contra el vagón —explicó Lolita.

El resto del camino los chicos trataron de reconstruir lo que había ocurrido. Los hechos eran tan terribles que se quedaron en silencio, cada uno sumido en sus pensamientos hasta que estuvieron frente a la casa de David. La tía Sarita, que sentada tras la ventana rezaba y atisbaba hacia la calle, vio cuando David se bajó del auto cargando a Natalia y salió como bólido a recibirlos. Al verla, el resto de los chicos bajó también.

—¡Natalia! ¡Bendito sea Dios que la encontraron! ¿Por qué llora?, ¿dónde han estado? —exclamó la anciana al borde del llanto.

—Estamos bien, tía, estamos bien.

—Entren, entren, no se queden ahí, hace mucho frío… pasen, pasen —ordenó la tía.

Los chicos obedecieron, agradecidos al sentir el calor y la luz que reinaba dentro de la casa.

—¡David! Mira cómo vienes, ¡estás herido!

—No es nada, tía Sarita, sólo un rasguño —dijo el chico.

—¿Alguien quiere explicarme qué pasó? —preguntaba la anciana pasando de la preocupación al enojo, una vez que los tuvo a todos sentados cómodamente en la salita de la casa.

—Y esta criatura parece que va a desmayarse de un momento a otro —dijo refiriéndose a Sandra—. Traeré un poco de chocolate caliente y a mi regreso espero una explicación.

Capítulo 14

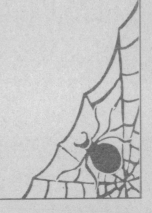

Se miraron unos a otros sin saber qué responder y cuando la tía salió de la pequeña salita, Lolita dijo:

—¿Qué explicación vamos a dar?

—Peor que eso —agregó Miguel—. ¿Quién va a creernos?

—Realmente no sabemos bien a bien lo que ocurrió —dijo David—. Todo pasó tan rápido.

—Cada quién tiene su pedazo de la historia —murmuró Sandra con voz débil—, pero nadie va a creernos.

—Debemos decir la verdad —sugirió Lolita.

—Siempre es mejor decir la verdad —dijo David—. Natalia se metió en este lío por su horrible costumbre de mentir.

—Bueno sí, pero... ¿Alguien tiene una idea de qué vamos a decir? —insistió Miguel.

—Yo tengo una idea —exclamó la niña, haciendo que todos voltearan a mirarla—. Sé que he sido una mentirosa y después de esta noche prometo que no diré una mentira nunca más, pero creo que debemos contarle a tía Sarita que había un roba chicos que quiso llevarme cuando salí de casa esta noche, que me escondió en el circo y que ustedes fueron a rescatarme.

—No tienes remedio, ya estás inventando otra mentira —dijo su hermano.

—Es parte de la verdad, ¿no? —respondió la niña ofendida.

—Es una opción —dijo Lolita, pensativa—. Suena mejor que decir que un circo de "muertos vivos" las secuestró para hacerles una transfusión.

—¡Qué horror! Hasta a mí me suena increíble si no lo hubiera vivido... —exclamó Sandra.

—¡Miren, la niebla se ha levantado! —exclamó Miguel, viendo cómo la pálida luz que anunciaba el amanecer entraba por la ventana.

Tengo que regresar a casa —dijo en el justo momento cuando la tía Sarita regresaba con una charola llena de humeantes tazas de chocolate.

El ruido de un auto estacionándose llamó la atención de todos.

—¡Tus papás, Lolita! —gritó Natalia, asomándose a la ventana.

—¡Despídanse de mí para siempre! —exclamó Lolita alarmada—. Ahora la muerta voy a ser yo —dijo al tiempo que se ponía de pie y se dirigía a la puerta.

—Gracias por el chocolate, tía Sarita, pero ya llegaron por mí —antes de darle tiempo a la anciana de protestar o decir algo, Miguel se paró también.

—Yo me voy también, ya es muy tarde, o mejor dicho... ¡muy temprano! —y ambos chicos salieron.

Hasta dentro llegaban las enojadas voces de los padres de Lolita:

—¡Estás castigada hasta Navidad, Dolores! —gritaban, mientras que se oía el coche de Miguel arrancando y alejándose rumbo a su casa.

La tía Sarita, confundida, se sentó sobre su mecedora y bebió a pequeños sorbos el chocolate caliente con actitud meditativa. Sandra y David bebían también en silencio. Fue la pequeña Natalia quien habló finalmente. Acercándose a su anciana tía le rodeó el cuello con sus brazos y le dijo:

—He sido una niña mala, tía Sarita. Te mentí cuando te dije que iría a casa de Lupita. Lo que quería era ir al circo porque David no me quiso llevar y me perdí, mi hermano y sus amigos fueron a buscarme y me encontraron, y ahora todos ellos están en problemas por haber pasado toda la noche buscándome.

—¿Es esa la verdad Natalia?

—¡Te juro que no estoy mintiendo, tía Sarita... ¿me perdonas? —dijo la niña, haciendo un gracioso y tierno gesto con su carita.

—Sólo si prometes no volver a mentir, Natalia, las mentiras sólo acarrean pena y desconfianza.

—¡Te lo prometo, tía! Ahora, necesito pedirte un favor... ¿lo harás?

—¿De qué se trata?

—Es que Sandra... ella es Sandra —dijo, apuntando hacia la chica que la miraba con cara muy seria y pálida—. Se salió de su casa sin permiso para ir a buscarme y su mamá debe estar muy preocupada sin saber dónde está. ¿Podrías llamarla y decirle que pasó aquí la noche porque se le hizo tarde y se quedó dormida y ya no pudo avisar?

David que la miraba escuchando todo el cuento, sólo volvió los ojos hacia el techo fingiendo no oír.

—Pues... no me siento cómoda mintiendo, Nati; es mejor decir que ella estaba buscándote con los demás.

—Pero van a castigarla por mi culpa, tía Sarita; después de que fue ella la que me encontró, no quieres eso, ¿verdad? ¿Verdad que no quieres que la castiguen?

—Está bien, vamos al teléfono, Sandra. Tu pobre madre debe estar vuelta loca de preocupación, no sé qué pensar de ustedes... —dijo la tía y salió de nuevo de la habitación seguida de Sandra.

Natalia fue hacia su hermano y le tomó el rostro entre sus manitas.

—Una pequeña mentirita para que no la regañen, hermanito, ¿me perdonas?

—No tienes remedio —dijo David suspirando.

Ya entrada la mañana en una hermosa casa de la zona elegante de la ciudad, todos dormían cuando voces a gritos rompieron el tranquilo descanso...

—¡Miguel! ¡Qué diablos le hiciste a mi coche! ¡Hijo de tu madre! Desconsiderado, ¡baja ahora mismo! Dime contra qué estrellaste mi precioso auto deportivo.

El sábado se levantó franco y soleado sobre el parque. Nada parecía indicar que, horas antes, un circo hubiera ocupado los secos prados quemados por el invierno.

Sandra, Miguel, David y Lolita caminaban incrédulos sobre el lugar que había ocupado la carpa.

—Parece como si lo hubiéramos soñado… —susurró Lolita.

—¡Dile eso a mi papá! No sabes cómo me fue cuando descubrió su juguetito chocado… estoy castigado hasta que entre a la universidad.

—¿Qué explicación le diste? —preguntó David, curioso.

—Ninguna: él sólo se preguntó y se contestó mientras me gritaba "estoy seguro de que te estrellaste contra un árbol", "hay restos de madera en la defensa". Yo nomás agaché la cabeza y callé como buen niño —sonrió Miguel, con su habitual buen humor.

—Yo también —dijo Lolita—. Ni cine, ni cafetería, ni visitas a amigos: para acabar pronto, sólo tengo permiso de ir a la escuela.

—¿Cómo hiciste para salir? —le preguntó Sandra.

—Dije que iba a la farmacia.

—No se te vaya a pegar la costumbre de Nati —dijo David.

—¿Cómo está ella?

—Bien, creo que el daño, si hubo daño, es reversible. Casi no recuerda nada, en su mente de niña fue como una gran aventura. A veces pienso que se cree sus propias mentiras... ya hablaré con papá cuando regrese.

—No la juzgues con demasiada dureza, David, a mí me sacó de un lío tremendo —dijo Sandra.

—Es cierto, es muy imaginativa.

—Y tú Sandra, ¿cómo te sientes? —le preguntó Miguel.

—Bien, un poco débil, pero ya estoy bien; sólo que yo sí lo recuerdo todo y todavía no lo creo.

—¿Qué pasaría con ellos? ¿Simplemente desaparecieron?

—Esperemos que para siempre —dijo David.

Al lunes siguiente en el salón de clases...

—Sandra Bueno, Lolita Feria —llamó el maestro de la clase de redacción—. ¿Cómo fue su primera experiencia entrevistando? El evento que cubrieron el viernes, ¿es recomendable?

—No lo creo maestro —dijo Lolita poniéndose de pie—. El ambiente estaba "muy muerto" —y sonrió hacia David, quien la miraba con ojos de adoración.

Esta obra se terminó de imprimir en junio del 2005 en
Litográfica Ingramex, S.A. de C.V.
Centeno 162-1, Col. Granjas Esmeralda
México, D. F.

Certificado No. 02-2082